Die
Mittelebenen
Die
Grasebenen
König
Hugos
Palast
Die
Hauptstadt
Errinel
Der
gewundene Fluss

Alle *Beast Quest Legend*-Abenteuer:

Band 1: Ferno, Herr des Feuers
Band 2: Sepron, König der Meere
Band 3: Arcta, Bezwinger der Berge
Band 4: Tagus, Prinz der Steppe
Band 5: Nanook, Herrscherin der Eiswüste
Band 6: Eposs, Gebieterin der Lüfte
Band 7: Zefa, Gigant des Ozeans
Band 8: Clark, Riese des Dschungels
Band 9: Soltra, Beschwörerin der Steine
Band 10: Vipero, Fürst der Schlangen
Band 11: Arachnid, Meister der Spinnen
Band 12: Trillion, Tyrann der Wildnis

Adam Blade

Arcta
Bezwinger der Berge

Aus dem Englischen
übersetzt von Petra Wiese

Illustriert von Helge Vogt

Band 3

Für Kyle und Tyrell,
meine Familie

ISBN 978-3-7432-0274-0
Überarbeitete Neuausgabe des Titels
Beast Quest – Arcta, Bezwinger der Berge
2. Auflage 2024
Für die deutschsprachige Ausgabe:

erschienen unter dem Originaltitel *Arcta the Mountain Giant*

Erschienen in der Originalserie *Beast Quest*™.
Aus dem Englischen übersetzt von Petra Wiese
Umschlag- und Innenillustrationen: Helge Vogt
Umschlaggestaltung: Michael Dietrich
Druck und Bindung: Drukarnia Dimograf Sp. z o.o.,
ul. Legionów 83, 43-300 Bielsko-Biala, POLEN

www.beastquest.de
www.loewe-verlag.de

Inhalt

Willkommen im Königreich Avantia!

Ich bin Zauberer Aduro und lebe am Hofe König Hugos.
Die Zeiten sind schwer, in denen Du zu uns kommst.
Warum ... ich will es Dir erklären:
In den alten Schriften steht geschrieben,
dass unser friedliches Königreich eines Tages
bedroht und angegriffen wird.
Jetzt ist diese Zeit gekommen.
Der böse Magier Malvel zwang durch einen Zauber
sechs mächtige, uralte Biester unter seine Herrschaft.
Feuerdrache, Seeungeheuer, Bergriese, Pferdemann,
Schneemonster und Flammenvogel verwüsten nun in
wilder Raserei das Land, das sie einstmals beschützten.

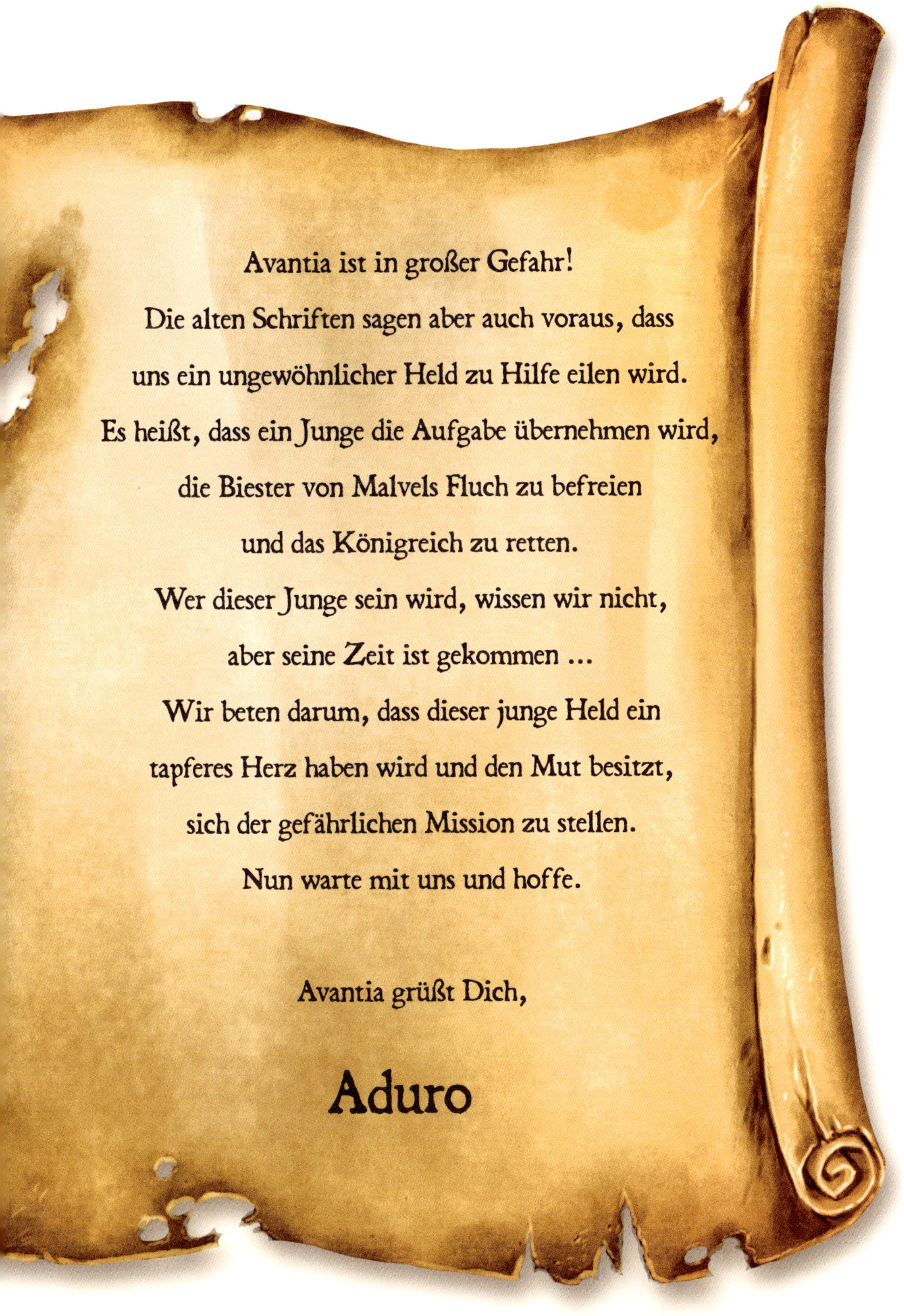

Avantia ist in großer Gefahr!

Die alten Schriften sagen aber auch voraus, dass uns ein ungewöhnlicher Held zu Hilfe eilen wird. Es heißt, dass ein Junge die Aufgabe übernehmen wird, die Biester von Malvels Fluch zu befreien und das Königreich zu retten. Wer dieser Junge sein wird, wissen wir nicht, aber seine Zeit ist gekommen …

Wir beten darum, dass dieser junge Held ein tapferes Herz haben wird und den Mut besitzt, sich der gefährlichen Mission zu stellen. Nun warte mit uns und hoffe.

Avantia grüßt Dich,

Aduro

Im Gebirge

Die Wagen kamen auf der hoch gelegenen Bergstraße nur langsam vorwärts. Der Weg wurde immer steiler und die Pferde mussten sich anstrengen, um die Fuhrwerke, die mit Lebensmitteln beladen waren, bergauf zu ziehen.

„Wie lange dauert es noch?", fragte ein Junge, der auf dem ersten Wagen saß.

Sein Vater sah auf die schmale, kurvenreiche Straße, die sich zwischen den Bäumen den Berg hinaufschlängelte. Es war eine gefährliche Strecke. Überall lagen Felsbrocken herum, als hätte es hier viele Erdrutsche gegeben.

„Hab Geduld, Jack", erwiderte der Mann. „Wenn wir den Pass erreicht haben, ist es nicht mehr weit." Er zeigte auf einen Bergrücken in der Ferne.

Jack folgte seinem Finger mit den Augen. Über dem Berg ballten sich dunkle Wolken zusammen und warfen Schatten ins Tal. Als die Sonne hinter ihnen verschwand, wurde es kühl.

Kaum waren sie um die nächste Kurve gebogen, schlug ihnen ein kalter Bergwind entgegen. Der Junge fröstelte und zog seinen Mantel enger um sich.

„Wir müssen uns beeilen, wenn wir vor dem

Sturm da sein wollen", rief Jacks Vater den anderen Händlern zu. „Bleiben wir hier, dann frieren wir uns zu Tode!"

Sie kämpften sich weiter vorwärts. Aber der Wind blies immer stärker und heulte. Plötzlich hallte ein donnerndes Krachen durch das Tal und die Erde bebte. Alle Wagen hielten an und die Händler sahen sich verwirrt um.

„Was war das?", fragte jemand.

Dann hörten sie ein Rumpeln und laut splitterndes Holz, so als ob ein Baum in der Mitte durchgebrochen würde.

„Was ist los?“, fragte Jack und versuchte, die Panik in seiner Stimme zu unterdrücken.

Sein Vater schaute zum Berg hoch. „Ich weiß es nicht“, erwiderte er.

Zum ersten Mal sah Jack Angst in den Augen seines Vaters und ein Schauer rieselte ihm den Rücken hinunter.

Nun bebte die Erde so heftig, dass einige Händler beinahe von ihren Wagen geschüttelt wurden. Die Pferde stiegen und versuchten davonzulaufen. Verzweifelt bemühten sich die Männer, die Tiere zu beruhigen. Da brach ein Fuhrwerk aus der Reihe aus und schlitterte rückwärts den Hang hinunter. Seine Ladung zerstreute sich in alle Richtungen. Die Männer sprangen zur Seite und wichen den Fässern aus, die ihnen entgegenrollten. Auf einmal polterten Felsblöcke durch die Bäume und krachten vor dem ersten Wagen auf die Straße. Sie verfehlten Jack und seinen Vater nur knapp.

Jetzt war die Straße blockiert!

Das Krachen und Poltern wurde lauter.

Da erschien etwas oben auf dem Bergrücken. Jack war der Einzige, der es in dem Durcheinander sah.

Es war ein Biest – riesig wie ein Baum.

„Lauft!", schrie Jack. „Lauft um euer Leben!"

Ein neues Abenteuer

Tom und Elenna hielten an der Weggabelung an. Die Straße nach Osten führte zu den Mittelebenen und zu Avantias großen Landgütern. Die Straße nach Norden würde sie in das mächtige Gebirge des Königreichs führen.

Tom wusste genau, welche Straße sie nehmen mussten, um die nächste Aufgabe zu erfüllen und das dritte Biest zu finden. Elenna saß hinter Tom auf Storm, dem Hengst, und zögerte. Die Berggipfel in der Ferne waren von dunklen, bedrohlichen Wolken verhüllt. Elenna befürchtete, dass es diesmal viel gefährlicher werden würde als bei der letzten Aufgabe.

„Da lang", sagte Tom. „Elenna, wir schaffen das!" Als er spürte, dass seine Freundin immer noch nervös war, grinste er und fügte hinzu: „Wir haben doch schließlich den Köter als Schutz dabei!"

„Köter? Na, vielen Dank!“, erwiderte Elenna. Sie pfiff nach ihrem Wolf Silver, der in den nahen Büschen herumschnüffelte. „Komm, Silver, bring unserem Freund Benehmen bei!“

Der Wolf kam aus dem Gebüsch und Elenna zeigte auf Tom. Silver zwickte ihn gehorsam in die Ferse.

„Aua!“, rief Tom gespielt empört. „Schon gut! Schon gut! Ich nehme alles zurück.“

Elenna pfiff erneut. Silver ließ Tom los und trottete brav neben Storm her.

Tom lächelte. Er wusste, dass er sich auf seine Freunde verlassen konnte. Sie hielten zusammen und würden das Abenteuer gemeinsam bestehen. Tom war von König Hugo und dessen königlichem Berater, Zauberer Aduro, für eine besondere Mission ausgewählt

worden. Tom sollte das Königreich vor den sechs Biestern retten, die der böse Magier Malvel verzaubert hatte. Wenn es ihm gelang, die Ungeheuer zu befreien, dann könnten sie Avantia wieder beschützen, anstatt es zu zerstören. Sehnlichst wünschte sich Tom, dass sein Vater, Taladon der Flinke, erleben könnte, wie sein Sohn das größte Abenteuer seines Lebens bestand. Aber Toms Vater war verschwunden.

Früher war Tom überzeugt gewesen, dass die sechs mächtigen, uralten Biester nur Gestalten aus einer Legende waren. Aber vor Kurzem war er zwei bedrohlichen Biestern begegnet: Ferno, dem Feuerdrachen, und Sepron, dem Seeungeheuer. Er hatte mit ihnen gekämpft, sie besiegt und von Malvels Zauber befreit. Nun wusste Tom endlich, dass es die Biester wirklich gab und wie unglaublich gefährlich sie waren.

Elenna hatte er auf seinem Weg zu Ferno getroffen. Seitdem reisten sie gemeinsam durch das Land auf der Suche nach den Biestern. Überlebt hatten sie bisher nur, weil sie immer zusammengehalten hatten. Jetzt sahen sie einer neuen Gefahr entgegen, die in den dunklen Bergen des Nordens lauerte: Arcta, der Bergriese.

Als sie endlich den Fuß des Gebirges erreicht hatten, brachte Tom Storm zum Stehen. Vor ihnen lag ein Pfad, der von Felsbrocken und Bäumen gesäumt war. „Lass uns am besten nachsehen, ob wir noch auf dem richtigen Weg sind", schlug Tom vor. Er griff in die Satteltasche und holte eine zusammengerollte

Landkarte heraus, die Aduro ihm gegeben hatte. Berge wuchsen aus dem alten Pergament und winzige Kiefern streckten sich nach oben. Dann leuchtete der Pfad, dem sie folgten, grün auf.

„Noch eine Tagesreise, und wir sind in der Bergstadt", sagte Elenna, die über Toms Schulter blickte.

Tom sah sich die Landkarte an. Die Stadt war von zerklüfteten Bergen eingekesselt und die Straße, die zu ihr führte, war lang und kurvig. An einer Stelle schien sie von einem Erdrutsch verschüttet worden zu sein. Tom berührte die Stelle mit dem Finger und eine Staubwolke wirbelte auf. Noch nie zuvor war Tom in so einem mächtigen Gebirge gewesen. Würde es so steil und gefährlich werden, wie er befürchtete?

„Wir sollten einen Platz zum Übernachten suchen", sagte Tom entschlossen. „Morgen brauchen wir all unsere Kräfte, um über den Pass zu kommen."

Sie ritten weiter den Hügel hinauf. Oben auf der Spitze hielten sie abrupt an. So weit sie sehen konnten, streckte sich das Gebirge vor ihnen aus.

Dunkle Schatten überlagerten die Senken und Wasserläufe, während die schneebedeckten Gipfel in der Nachmittagssonne glänzten. Wie scharfe Zähne zeichneten sich die Berge gegen den dunkelblauen Himmel ab.

„Das ist so schön“, flüsterte Elenna.

Tom nickte zustimmend. Er hatte schon viele Dinge auf seiner Mission gesehen, aber noch keine so atemberaubend schöne Landschaft wie diese.

Da kam ihnen auf dem Pfad plötzlich eine Gruppe zerlumpter Männer entgegen. Tom umfasste seinen Schwertgriff. Doch einer der Männer grüßte sie freundlich. Auf seinem Rücken trug er einen Jungen.

Tom erkannte, dass die Männer Händler waren. Sie sahen nicht nur schmutzig aus, sondern auch sehr erschöpft. Außerdem entdeckte Tom, dass der Junge verletzt war. Um seinen Kopf war ein blutverschmierter Lappen gewickelt.

„Könnt ihr uns bitte helfen?", fragte der Mann mit dem Jungen höflich. „Habt ihr etwas Wasser? All unsere Lebensmittel sind verloren gegangen."

Ohne zu zögern reichte Tom ihm seine Feldflasche. „Was ist passiert?", fragte er überrascht.

„Wir waren unterwegs, um Waren in die

Bergstadt zu bringen", erklärte der Mann, während er den Jungen absetzte und ihm Wasser gab. „Unterwegs gab es einen Erdrutsch und wir haben ihn nur mit Glück überlebt."

„Was hat ihn ausgelöst?", fragte Elenna.

„Das wissen wir nicht. Normalerweise ist es hier sicher, allerdings war das Wetter schlecht und …"

„Es war der Riese …", stotterte der verletzte Junge.

Tom und Elenna tauschten einen beunruhigten Blick aus.

„Beachtet Jack nicht", sagte einer der anderen

Männer. „Er hat einen Schlag auf den Kopf bekommen."

Der Vater des Jungen sagte grimmig: „Ihr geht hoffentlich nicht hoch in die Berge."

„Doch, das müssen wir", erwiderte Tom.

„Selbst bei guten Bedingungen ist es im Gebirge gefährlich", warnte der Mann sie. „Die Hauptstraße ist blockiert und das Wetter ist schlecht. An eurer Stelle würde ich umkehren. Das tun wir jedenfalls."

„Wir haben keine Wahl“, antwortete Tom.

„Wenn ihr unbedingt hinaufmüsst, dann nehmt dies hier.“ Der Händler reichte Tom ein Seil. „Es ist nicht viel, was wir euch geben können. Aber vielleicht kann es euch nützlich sein.“

„Danke schön“, sagte Tom.

Tom und Elenna gaben den Händlern noch mehr Wasser und so viele Lebensmittel, wie sie entbehren konnten. Dann verabschiedeten sie sich.

„Nehmt euch vor dem Riesen in Acht!“, rief ihnen der Junge nach, als die Händler weiterzogen.

Tom, Elenna, Storm und Silver gingen Richtung Norden. Allmählich wurde der Himmel grau, es begann zu nieseln und der Boden wurde rutschig.

„Wir müssen schnell einen Rastplatz suchen“, meinte Elenna besorgt. „Sonst werden wir bald völlig durchnässt sein.“

Tom betrachtete die nächste Anhöhe nachdenklich und erspähte eine kleine Felsnische, die ihnen Schutz für die Nacht bieten würde.

Plötzlich begann Silver laut zu knurren und sein Fell sträubte sich bedrohlich.

„Was ist los mit dir, Silver?“ Tom sprang von Storms Rücken und hockte sich neben den Wolf. Dann sah er sich gründlich um, aber er konnte nichts Außergewöhnliches entdecken.

Elenna fröstelte und Storm stellte die Ohren auf. Auf einmal rammte Storm alle vier Hufe fest in den Boden.

„Na komm", beruhigte Elenna ihn und presste ihre Fersen in seine Flanken. „Es ist alles in Ordnung …" Abrupt hörte sie auf zu reden und hielt den Atem an.

Storm bewegte sich langsam rückwärts den Hügel hinunter, und das, obwohl er doch eigentlich stillstand!

„Tom!", rief Elenna, während Storm immer schneller bergab glitt. „Der Boden bewegt sich!"

„Spring ab!", schrie Tom.

Storm kämpfte um sein Gleichgewicht, aber seine Hinterbeine rutschten weg. Der Hengst und Elenna kippten um. Storms Hufe schleuderten Grasbrocken und Matsch hoch.

Mit einem Aufschrei landete Elenna auf dem Boden.

„Storm! Elenna!", rief Tom voller Panik.

Elennas Augen waren vor Angst weit geöffnet. Sie deutete den Hang hinauf.

„Eine Schlammlawine!", schrie sie.

Weggeschwemmt

Tom wirbelte herum. Eine riesige Schlammlawine rollte den Hügel hinunter auf sie zu. Ängstlich schnaubend sprang Storm wieder auf die Beine. Sein Fell war mit Erde und Matsch bedeckt. Silver zog an Elennas Ärmel und versuchte, sie wegzuzerren. Plötzlich gab der Boden unter Tom nach. Er schrie auf, als ihn die wirbelnde Schlammmasse mitriss. Sie schob ihn den Hügel hinab und sein Rücken schleifte über Baumwurzeln.

Schockiert beobachtete Elenna, wie der schwarze Schlamm auf sie zukam. Und Tom steckte mittendrin! Als die Masse sie erreichte, griff Elenna nach Toms Hand. Für einen Augenblick konnte sie ihn festhalten, dann wurde Tom wieder fortgerissen. Sofort streckte Tom erneut seine Hand nach Elenna aus, aber er bekam nur Gras und Matsch zu fassen.

„Elenna!", brüllte er.

Storm trat um sich und versuchte mit aller

Kraft, der Schlammlawine zu entkommen. Tom warf sich zur Seite, um seinen Hufschlägen auszuweichen. Silver hingegen rettete sich auf die andere Seite des Hügels. Elenna konnte er nicht helfen, sie versank im Schlamm.

Prustend kam sie wieder an die Oberfläche. „Ich kriege keine Luft!", schrie sie und spuckte einen Mundvoll Matsch aus.

„Greif nach rechts!", rief Tom. „Schnapp dir Storms Zügel!"

Blindlings gelang es Elenna, die ledernen Zügel zu erwischen.

Obwohl Tom hin und her geschleudert wurde, konnte er kurz zum Hügel hinaufsehen. Fast die komplette obere Hälfte war verschwunden. Bäume und Büsche waren herausgerissen worden und trieben in den Schlammwellen umher.

„Wir werden lebendig begraben!", dachte Tom entsetzt.

Seine Hand schrammte gegen einen Felsblock und er krallte sich daran fest. Während er damit kämpfte, den nassen Stein nicht loszulassen, rauschten Schlamm und Geröll an ihm vorbei. Wie lange würde er sich hier festhalten können?

Da glitt Storm an ihm vorbei. Der Hengst zog Elenna hinter sich her, die immer noch die Zügel umklammerte.

„Lass die Zügel nicht los!", rief Tom.

Elenna hielt sich fest und Storm schnaubte.

Verzweifelt versuchte Tom auf den Felsen zu klettern. Er war erschöpft, aber er gab nicht auf. Obwohl der Boden bebte und schwarzer Matsch seine Beine nach unten zog, gelang es Tom, sich hochzuziehen. Aber er war nicht

schnell genug. Gerade als er sich ganz hinaufziehen wollte, traf ihn eine neue Schlammwelle mit voller Wucht. Die Flut aus Schlamm und Dreck brandete über ihn hinweg, zerrte an seinen Kleidern und zerschrammte seine Haut.

Mit letzter Kraft klammerte sich Tom an die Spitze des Felsblocks und stieß einen Schrei aus, der über das Brodeln des Schlamms hinweghallte. Es war Toms Schlachtruf, denn er war noch nicht besiegt worden!

Schließlich gelang es Tom, seine Beine hochzuziehen. Er fand einen schmalen Spalt, gerade groß genug für seinen Fuß. Er atmete tief durch. Seine Muskeln zitterten vor Erschöpfung. Dann bemerkte er, dass die Schlammlawine langsamer wurde. Erst als er sicher war, dass die Gefahr vorüber war, wagte er sich nach unten auf den sumpfigen Boden

und hielt nach Elenna Ausschau. Der Hügel war komplett zerstört, nur noch einige Bäume standen im Morast.

„Tom!", rief Elenna ihm zu. Sie stand vor den Bäumen hüfthoch im Schlamm und hielt immer noch Storms Zügel fest.

Beide versuchten sich aus dem Matsch zu befreien. Von der gegenüberliegenden Seite tapste Silver auf sie zu.

Jeder Schritt kostete Tom Kraft. Frierend legte er seine Arme um Storms Hals.

„Ich hatte eine Riesenangst!“, sagte Elenna, als sie Tom begrüßte. „Ich dachte, wir müssten sterben!“

„Ich auch“, antwortete Tom zitternd.

„Dir ist kalt“, stellte Elenna fest.

Tom bemerkte, dass Elenna ebenfalls fror und ihr Gesicht ganz blass war. Er musste stark bleiben.

„Ich bin fit“, sagte er schnell. „Sobald wir uns bewegen, wird mir wieder warm.“

„Gute Idee“, meinte Elenna. „Wir suchen festen Untergrund und dann ruhen wir uns aus.“

Tom wollte zu der kleinen Felsnische wandern, die er zuvor entdeckt hatte. Zwar regnete es nicht mehr, aber der Boden war matschig. Langsam bewegten sie sich vorwärts.

Erst als die Sonne schon untergegangen war, erreichten sie die Anhöhe. Sie konnten kaum noch etwas sehen. Nur mithilfe des Sternenlichts fanden Tom und Elenna die Felsnische, die sich als Eingang zu einer Höhle entpuppte.

„Dort schlagen wir unser Lager auf", meinte Tom. Dann bemerkte er die Angst in Elennas Augen.

„Was ist, wenn es noch eine Schlammlawine gibt?", fragte sie. „Sie könnte uns in der Höhle einsperren!"

Aber Tom wusste, dass sie keine Wahl hatten. Es war viel zu kalt und gefährlich, um ohne Schutz draußen zu schlafen. Sie mussten riskieren, in der Höhle zu übernachten. Drinnen war es stickig. Sie legten sich auf vertrocknetes Laub. Bevor Tom vorschlagen konnte, dass sie ein Lagerfeuer anzünden und etwas kochen sollten, war er auch schon eingeschlafen.

Im Schatten des Berges

Am nächsten Morgen wachten Tom und Elenna spät auf. Die Sonne strahlte schon in den Höhleneingang. Jeder einzelne Muskel tat Tom weh. Als er sich den Schlaf aus den Augen gerieben hatte, entdeckte er, dass die Höhlenwände bemalt waren. Gestern Abend war es zu dunkel gewesen, um die Zeichnungen zu erkennen, außerdem waren sie auch sehr müde gewesen.

Die Bilder waren mit Kohle gemalt und

erzählten eine Geschichte. Tom erkannte die fünf zerklüfteten Berge wieder und er sah Männer, die mit Speeren und Keulen bewaffnet waren. Auf einer Zeichnung entdeckte er eine riesige Hand, die einen Felsblock hielt und zu der die Männer ehrfürchtig aufsahen.

Während Tom sich die Zeichnungen ansah, streckte sich Elenna.

„Was bedeuten die Bilder?“, fragte sie verschlafen.

„Ich weiß nicht“, antwortete Tom. „Auf jeden Fall sind diese Höhlenmalereien sehr alt und schon damals kannte jemand Arcta, den Bezwinger der Berge.“

„Es ist spät. Wir müssen weiter“, mahnte Elenna und erhob sich.

Tom stimmte ihr zu, nahm Storms Zügel und folgte Elenna zum Höhlenausgang.

Draußen im hellen Licht mussten sie blinzeln. Die Schlammlawine hatte eine breite Narbe in der Landschaft hinterlassen und blockierte die Straße. Sie mussten ins nächste Tal und von dort einen Umweg nehmen.

Tom und Elenna gingen rechts und links von Storm. Silver blieb ihnen dicht auf den Fersen,

während sie talwärts wanderten. Neben ihnen führte der Abhang steil bergab. Der Boden war mit Morast, Wurzeln und Geröll bedeckt. Vorsichtig suchten sich Tom und Elenna ihren Weg. Immer wieder rutschten und schlitterten sie auf dem unebenen Untergrund. Ein falscher Schritt, und sie fielen in die Tiefe!

Als sie endlich das Tal erreichten, sah Tom auf die Landkarte. Dann schaute er sich um.

„Seltsam", sagte er. „Wir sind doch jetzt in dem Tal, das von fünf Bergen umgeben ist, und der leuchtende Pfad endet hier. Also sollten wir uns in der Bergstadt befinden. Hier ist aber nirgends eine Stadt zu sehen."

Sie gingen weiter. Plötzlich knackte es laut unter Storms Hufen.

„Was war das?", fragte Tom und bückte sich.

Er wischte mit der Hand über den Boden. Unter seinen Fingern spürte Tom ein Stück Schiefer, das von anderen Schieferplatten überlappt wurde.

„Dachziegel!", erklärte er und ihm wurde klar, wo sie sich befanden. „Elenna, wir stehen auf einem Hausdach!"

Elenna blickte zu dem Felsen über ihnen. Er war mit einem Netz aus feinen Rissen durchzogen.

„Das Haus wurde von einem Erdrutsch begraben", rief sie.

„Sieh mal!" Tom zeigte auf etwas im höher gelegenen Teil des Tals. Es war das obere Stück eines Torbogens.

„Unter dem Steinschutt liegt eine Straße", stellte er fest.

Tom und Elenna liefen zu dem Torbogen. Hinter ihm entdeckten sie den Teil der Stadt, der vom Erdrutsch verschont geblieben war. Die großen, prachtvollen Häuser hatten schöne Holzfassaden und die Straße war ordentlich mit Kopfstein gepflastert. Aber es war menschenleer.

„Hoffentlich konnten sich die Einwohner in Sicherheit bringen", sagte Elenna.

Silver knurrte unruhig und blickte zu den gezackten Berggipfeln hinauf.

„Was ist?" Elenna hielt den Wolf im Nacken fest, aber Silver wehrte sich gegen ihren Griff. Verwundert runzelte sie die Stirn und zeigte auf die Straße. „Hier entlang!", sagte sie, dann sah sie Tom an. „Was hat er bloß?"

Noch während sie sprach, waren Rufe vom anderen Ende der Straße zu hören.

„Haltet die Diebe!", rief jemand.

Tom sprang auf Storms Rücken und Elenna schwang sich hinter ihm auf das Pferd. Tom zog sein Schwert und presste die Fersen gegen Storms Flanken.

Storm preschte los. Er jagte über die Pflastersteine dorthin, wo das Rufen herkam.

„Silver läuft uns nicht hinterher!", rief Elenna. Der Wolf stand noch immer reglos da und starrte die Berge an.

„Wir holen ihn später", entgegnete Tom. „Jetzt wird unsere Hilfe gebraucht!"

Sie bogen in eine schmale Seitengasse. Drei Männer mit geschulterten Säcken versperrten ihnen den Weg.

Tom brachte sein Pferd zum Stehen. „Was ist hier los?", fragte er.

Der kräftigste Mann sah Toms Schwert und lächelte. „Sieh einer an! Da kommt ja ein verwegener kleiner Ritter."

Da kam ein älterer Mann keuchend um die Ecke gerannt. Er zeigte auf die drei Männer.

„Sie haben Lebensmittel gestohlen!", schrie er und lehnte sich hustend an eine Hauswand.

„Was bleibt uns anderes übrig", blaffte der

kleine, dicke Mann. „Wir haben Familien, die wir ernähren müssen!“

„Die monatliche Lebensmittellieferung ist ausgeblieben!“, ergänzte der dünne Mann neben ihm. „Wir brauchen dringend etwas zu essen!“

„Aber die Sachen gehören euch nicht“, erwiderte der alte Mann. Die Mienen der Männer verhärteten sich.

Tom entdeckte Verzweiflung in ihren Gesichtern. Sie sahen nicht wie unehrliche Menschen aus. Nur wegen Malvels bösem Zauber war es so weit gekommen, dass anständige Leute stehlen mussten, um zu überleben.

Der große, kräftige Mann ballte seine Fäuste und kam auf Tom zu.

„Geh aus dem Weg", drohte er, „oder du wirst es dein Leben lang bereuen!"

Lebendig begraben

Tom sprang von Storms Rücken und hielt sein Schwert kampfbereit. Elenna stieg ebenfalls ab und spannte ihren Bogen.

Plötzlich knurrte es hinter Tom und er fuhr herum. Es war Silver! Der Wolf bleckte die Zähne und ging mit gesträubtem Fell auf die Diebe zu. Sogar Tom schauderte kurz, als er Silvers Reißzähne sah.

„Ein Wolf!", schrie der kleine Mann. „Er muss aus den Bergen gekommen sein."

Silver kam immer näher und tief aus seiner Kehle drang ein bedrohliches Grollen.

Der kleine Mann ließ seinen Sack fallen und rannte davon. Der dünne Mann stürzte ihm nach. Auch der kräftige Mann floh und verstreute seine Beute über die Straße.

Noch immer lehnte der alte Mann an der Hauswand. Ängstlich sah er zu Silver herüber.

„Der Wolf tut nichts“, beruhigte Tom ihn. „Er gehört zu uns. Alles in Ordnung?“

„Ja", antwortete der alte Mann. „Danke für eure Hilfe. Ich heiße Belco und bin der Bürgermeister dieser Stadt."

Genau in diesem Moment hörten sie lautes Getöse, dem ein grauenerregendes Schreien folgte.

„Schon wieder ein Erdrutsch!", rief Belco.

Tom half dem alten Mann hastig auf Storms Rücken. Dann stieg er selbst auf und trieb den Hengst zur Eile an. Sie ritten in die Richtung, aus der das Krachen kam. Elenna und Silver rannten hinterher. Als sie in eine Straße einbogen, ließ Tom Storm anhalten. Einige Stadtbewohner standen vor einem Haus, das von Felsbrocken beschädigt worden war. Aus dem Inneren hörten sie Hilferufe.

„Was ist passiert?", fragte Belco.

„Die Felsen sind vom Berg auf das Haus

herabgestürzt und versperren die Eingangstür", erwiderte eine Frau. „Die drei Diebe sitzen drinnen in der Falle!"

„Sie sollten drinbleiben, bis sie sterben!", rief ein Mann.

Die übrigen Leute murmelten zustimmend.

Tom musste etwas unternehmen.

„Nein!", rief er. Alle drehten sich zu ihm um. „Wir werden diese Männer retten! Als Bürger von Avantia sind wir verpflichtet, ihnen zu helfen!"

Elenna und Silver traten neben ihn. Schließlich sahen alle Leute ein, dass Tom recht hatte.

Das Haus ächzte unter der Last der Felsbrocken. Sie mussten sich beeilen und die Männer herausholen, bevor es zusammenbrach. Plötzlich hallte ein Kreischen vom Berg herab wie ein eisiger Windstoß.

„Was war das?", stieß Belco erschrocken aus.

„Arcta", sagte Tom leise zu sich selbst.

Dann machte sein Herz vor Schreck einen Sprung, denn er hörte hinter sich schwere Schritte auf dem Kopfsteinpflaster.

Acht Männer bogen um die Ecke.

Gefahr im Gebirge

Tom griff nach seinem Schwert.

„Wir wollen helfen“, sagte der stärkste Mann.

Erleichtert trat Tom näher an das Haus und überlegte, wie sie die drei Diebe befreien könnten.

„Wir müssen wissen, wo die Tür ist. Dann können wir die Felsbrocken, die davorliegen, wegräumen“, rief Tom den Männern im Haus zu. „Trommelt kräftig gegen die Tür!“

Von innen kam ein schwaches Klopfen. Die acht Männer verloren keine Zeit und schoben die Felsen beiseite. Aber einige Felsbrocken waren zu groß und schwer für sie. Die Männer konnten sie nicht von der Stelle bewegen, obwohl sie sogar einen Holzpfosten als Hebel benutzten, um sie wegzudrücken.

„Das wird die ganze Nacht dauern, bis wir alles weggeräumt haben", sagte einer der Männer grimmig.

„Das Haus könnte vorher schon zusammenfallen“, meinte Tom verzweifelt.

Da erinnerte er sich an etwas, das er von seinem Onkel, dem Hufschmied, gelernt hatte: Jedes Material hat einen Brechpunkt. Das ist der Punkt, wo das Material am schwächsten ist. Sein Onkel erklärte ihm damals, dass man nur die Schwachstelle finden und dann Druck auf sie ausüben müsse.

Tom sah sich einen großen Felsbrocken genauer an. Dann entdeckte er einen feinen Riss, wo sich zwei Steinschichten trafen.

Tom zog sein Schwert aus der Scheide. Er hockte sich hin und starrte auf die feine Linie. Mit aller Kraft schlug er sein Schwert dagegen. Aber der Felsbrocken blieb ganz. Tom nahm die Linie noch einmal ins Visier und schlug härter zu.

Diesmal traf das Schwert genau. Es krachte und der Felsblock zerbrach in mehrere Teile. Hinter ihm schnappten die Männer überrascht nach Luft.

„Woraus ist dieses Schwert gefertigt?", fragte jemand.

„Das ist doch jetzt egal", antwortete Tom und suchte schon den nächsten Brocken nach einer Schwachstelle ab. „Räumt das mal weg!"

Da beeilten sich die Männer, die kleineren Steinstücke beiseitezuschaffen.

Währenddessen bearbeitete Tom die riesigen Felsbrocken mit seinem Schwert. Bald zitterten seine Muskeln vor Anstrengung. Aber solange die Leute noch im Haus eingeschlossen waren, durfte er nicht aufhören.

Nach einer endlosen Weile hatte Tom die Tür freigelegt. Er fiel auf die Knie und schaufelte mit bloßen Händen die restlichen Steine weg. Knarrend öffnete sich die Tür. Hustend und spuckend taumelten die Diebe ins Freie.

„Vielen Dank!", riefen sie erleichtert.

Der Größte von ihnen schüttelte Tom die Hand. „Ich verdanke dir mein Leben", sagte er. „Ich heiße Randall."

Belco lächelte Tom zu. „Zwar weiß ich nicht, wo du gelernt hast, dein Schwert so gut zu gebrauchen, aber du hast es wirklich sehr überlegt getan, mein junger Freund!"

Der Bürgermeister klatschte und drehte sich zu seinen Leuten um.

„Wir wollen den Männern verzeihen. Sie haben ihre Lektion gelernt. Bringen wir unsere neuen Gäste zum Rathaus."

Dann wandte er sich an Tom und Elenna. „Die meisten Bewohner sind dort untergekommen, nachdem ihre Häuser zerstört wurden. Kommt bitte mit!“

„Vielen Dank, aber wir gesellen uns später zu euch", sagte Tom und blieb mit Elenna zurück. „Wir müssen noch etwas erledigen."

Er flüsterte Elenna zu: „Wir dürfen keine Zeit mehr verlieren. Wir müssen Arcta finden und ihn von dem Fluch erlösen, bevor er noch mehr Steinlawinen auslöst oder jemanden tötet!"

Elenna nickte.

Da tippte jemand Tom auf die Schulter. Es war Randall. „Wollt ihr etwa noch höher ins Gebirge?", fragte er besorgt.

Tom und Elenna schwiegen.

„Ihr wisst sicher von Arcta, dem Bergriesen?", fuhr Randall fort.

Elenna sah Tom unsicher an.

„Arcta soll eines der sechs uralten, mächtigen Biester sein, die Avantia beschützen", antwortete sie.

„Glaubt ihr, dass es sie wirklich gibt?", fragte Randall.

Tom nickte. „Ja!"

„Weißt du, wo wir Arcta finden können?", fragte Elenna.

Randall seufzte. „Nun, den alten Stadtbüchern nach lebt er in einer Gegend, die wir den Adlerplatz nennen. Aber alle Abkürzungen, die dorthin führen, sind verschüttet worden. Ihr müsst den Hauptpfad nehmen. Er teilt sich an einer Kreuzung in fünf Richtungen. Ihr müsst euch ganz rechts halten, bis ihr eine Hochebene erreicht. Dort hält sich Arcta auf."

„Danke", sagte Tom.

„Seid vorsichtig!", warnte Randall sie.

Tom und Elenna schwangen sich auf Storms Rücken. Mit Silver an seiner Seite trabte der Hengst den Berg hinauf.

Eine Mischung aus Angst und Aufregung überkam Tom, als sie den kurvigen Pfad entlangritten. Er kam sich klein vor, wenn er zu den Bergen hochschaute, die beinahe bis zum

Himmel reichten und deren Gipfel sich in Wolkenschleiern verloren.

Der Pfad schlängelte sich immer steiler nach oben, aber Storm verlor nie den Halt. Rechts erhob sich nackter Felsen, während links ein scharfkantiger Abhang ins Nichts hinabführte. Je höher sie kamen, umso kälter wurde es. Auch das Atmen fiel ihnen schwerer. Dann wurde es allmählich flacher. Sie kamen zu der Stelle, wo sich der Hauptpfad in fünf kleinere

Pfade verzweigte. Tom zeigte nach rechts. „Randall sagte, wir sollen uns rechts halten."

Elenna runzelte die Stirn. „Silver will lieber nach links gehen."

Der Wolf eilte zum Pfad ganz links, dann senkte er den Kopf, als lausche er. Schließlich bellte er laut.

„Was ist, Silver?", fragte Elenna überrascht.

Plötzlich stürzte der Wolf den linken Pfad hinauf.

„Er möchte, dass wir ihm folgen", vermutete Tom. „Vielleicht weiß er, wo Arcta ist!"

Ein leichter Druck mit der Ferse, und schon galoppierte Storm hinter Silver her. Der Hengst war tapfer und stark, aber der steile Bergpfad forderte all seine Kraft.

Elenna sah hoch und ihr stockte der Atem. „Zurück, Silver!", schrie sie.

„Was ist los?", fragte Tom.

Elenna zeigte nach oben. „Sieh doch!"

Tom rieselte ein Schauer über den Rücken. Eine dunkle Wolke rollte auf sie zu. Dann bebte die Erde. Tom spürte, wie die Erschütterung seinen Körper hinaufkroch. So etwas hatte er noch nie zuvor gefühlt.

Es war ein Erdrutsch.

Das Biest kommt

Tom zögerte eine Sekunde. Vielleicht konnten sie dem Erdrutsch noch entkommen. Aber dann mussten sie Silver alleine lassen, denn er lief bereits ein gutes Stück vor ihnen auf dem Pfad. Bevor Tom sich entschieden hatte, sprang Elenna schon vom Pferd und rannte ihrem Wolf hinterher.

„Silver ist dahinten!", rief sie. Gerade verschwand die grauweiße Gestalt in einer kleinen Höhle, die versteckt in der Bergwand lag.

„Silver!" Elenna schrie gegen das Donnern des Erdrutsches an. „Ich muss ihn holen!", rief sie und rannte auf die Höhle zu. Tom blickte nach oben. Vom Berg prasselten riesige Felsbrocken und Schutt herab – direkt auf sie zu. Silver bellte und rannte in der Höhle hin und her. In wenigen Sekunden würde der Erdrutsch bei ihnen sein. Storm bäumte sich auf und schlug mit den Vorderbeinen aus.

„Wir müssen hier weg!", schrie Tom. „Oder wir werden lebendig begraben!"

Tom brachte Storm wieder unter Kontrolle und lenkte ihn zurück. Er wollte Elenna und ihren Wolf nicht im Stich lassen, aber er konnte nichts für sie tun. Er würde zurückkommen, wenn alles vorüber war.

„Schneller, Storm!", drängte Tom. „Los…" Plötzlich schrie Tom vor Schmerz auf. Ein Felsbrocken war gegen seine Schulter gekracht und warf ihn vom Pferd. Im Sturz versuchte Tom seine Hände vorzustrecken, um den Fall abzufedern. Aber es war zu spät! Dumpf schlug er auf der Erde auf. Tom merkte, wie er das Bewusstsein verlor. „Ich muss wach bleiben“, murmelte er. Er sah alles verschwommen und hörte, wie Storms Hufgeklapper im Gedröhn des Erdrutsches unterging. Ohne zu überlegen, rollte Tom sich in den kleinen Graben neben dem Pfad.

Dann ergoss sich eine Flutwelle aus Schotter, Kies und Felsgestein über ihn. Schnell schloss Tom Mund und Augen, bevor sie sich mit Sand und Staub füllten.

Plötzlich war alles wieder ruhig. Als Tom schließlich seine Augen aufmachte, war es um ihn herum dunkel vor aufgewühltem Staub.

Er sah zu Storm hinüber. Der Hengst stand bis zum Brustkorb im Schlamm und wartete darauf, befreit zu werden. Wo waren Elenna und Silver?

„Elenna! Silver!", rief Tom und wartete auf eine Antwort.

Nach ein paar bangen Augenblicken hörte er ein Bellen von weiter oben aus der Höhle. Dann entdeckte Tom entsetzt, dass der Eingang komplett zugeschüttet worden war.

Tom kletterte über Felsen und Schutt zur

Höhle hinauf. „Elenna!“, schrie er immer wieder.

Dann hörte er ihre Hilferufe und begann, Steine und Erde wegzuräumen.

„Wir sind eingeschlossen!“, rief Elenna. „Wir sind unverletzt, aber bald haben wir hier drinnen keine Luft mehr!“

Tom sah sich um. Er musste seine Freunde befreien. Hastig schaufelte er Schotter und Schlamm zur Seite, bis er auf etwas Hartes stieß – einen Felsbrocken.

„Haltet durch!“, rief Tom. Er hielt inne, als ein dumpfes Stampfen den Boden erschütterte. Dann folgte ein weiteres Stampfen und noch ein drittes. Jedes Mal wurde es lauter und es schien näher zu kommen.

„Schritte!", keuchte Tom.

Er drehte sich um. Eine riesige, grauenerregende Gestalt stapfte über den Bergpfad auf ihn zu. Dann blieb sie stehen und brüllte so laut, dass der ganze Berg erzitterte.

Arcta, der Bezwinger der Berge, war so groß wie der höchste Baum und fast genauso breit. Sein Körper war mit dicken Muskeln bepackt und seine Füße hinterließen tiefe Löcher im Boden. Die knorrigen Hände waren gekrümmt und sein Maul stand offen, sodass schiefe braune Zähne zu sehen waren. Anders als die anderen Biester, gegen die Tom bereits gekämpft hatte, trug der Riese kein verzaubertes Halsband. Stattdessen waren seine Augen mit einer schwarzen Binde verbunden,

die ein magisch leuchtender Knoten verschloss. Das war also Malvels böser Zauber: Arcta tobte blind durch das Gebirge und wurde in den Wahnsinn getrieben. Tom stockte der Atem vor Furcht.

„Tom!", rief Elenna. „Was ist da draußen los?"

„Psst", zischte Tom verzweifelt.

Aber es war zu spät. Beim Klang von Elennas Stimme erstarrte der Bergriese. Langsam bewegte er seinen Kopf in Toms Richtung. Erneut stieß er ein donnerndes Brüllen aus, dann bewegte er sich schleppend auf die Höhle zu.

Wettlauf gegen die Zeit

Mit krachend lauten Schritten kam der Riese näher und schnüffelte in der Luft.

Tom warf sich zu Boden und blieb mucksmäuschenstill liegen. Er war seit dem Erdrutsch mit Staub bedeckt. Tom wusste, dass der Schmutz seinen Körpergeruch überdeckte. Er atmete so leise er konnte, damit Arcta ihn nicht hörte. Aber leider konnte er Elenna und Silver nicht sagen, dass auch sie ganz still sein mussten. Silver knurrte so laut, dass man es

durch den Steinschutt hindurch hören konnte. Arcta trat noch einen großen Schritt näher. Tom wagte nicht, sich zu bewegen. Er lag direkt unter dem vorstehenden Bauch des Riesen und seine Augen waren auf der Höhe von Arctas Füßen. Die Zehen waren dreckverkrustet. Wenn der Bergriese noch einen Schritt machte, würde Tom zermalmt werden.

Tom presste seine Lippen zusammen, aber sein Körper zitterte.

„Hoffentlich fangen meine Zähne nicht an zu klappern", dachte er. Arcta schwang seine Faust und brüllte. Dann drehte er sich um und tastete sich wieder auf den Pfad zurück. Tom verspürte Erleichterung. Der Riese gab auf!

Aber ausgerechnet jetzt knurrte Silver wieder – diesmal noch lauter. Arcta warf seinen Kopf zurück, stieß ein Grollen aus und machte kehrt. Tom hatte keine Wahl, er musste den Bergriesen ablenken, um Elenna und Silver zu retten. „Ich muss ihn hinter mir herlocken", dachte Tom. „Wenn er den Eingang der Höhle entdeckt und die Steine beiseiteschafft, sind meine Freunde verloren. Auch wenn Arcta nichts sehen kann, kann er sie hören und riechen."

Tom raste los und hoffte, dass Arcta ihm folgte. Tom lief den Bergpfad hinab. Als er an Storm vorbeikam, der noch immer im Schlamm feststeckte, schnappte er das Seil, das ihm der Händler gegeben hatte. Tom rannte zwischen die Bäume und dachte nach.

„Ich muss an Arctas Kopf kommen", sagte er sich. „Dann kann ich den Knoten der magischen Augenbinde lösen."

Während Tom sich durch die Kiefern schlängelte, hörte er, wie Arcta ihm folgte. Jeder seiner Schritte erschütterte den Boden. Bäume zersplitterten. Der Riese schob sie einfach beiseite, um sich den Weg freizumachen.

Tom konnte Arcta nicht entkommen – selbst mit verbundenen Augen war der Riese zu schnell. Aber immerhin hatte Tom den Giganten von der Höhle weggelockt.

Als Tom einen Abhang hinabkroch, sah er links von sich Blaubeerbüsche. Flink kroch er durch sie hindurch. Als er am letzten Busch vorbei war, entdeckte er einen großen alten Baum, dessen Stamm unten hohl war. Schnell schlüpfte Tom in das feuchte Dunkel.

Der alte Baum zitterte bei jedem Schritt des Riesen. Wieder versuchte Tom, so still wie möglich zu sein. Ein wütendes Gebrüll hallte um ihn herum, dann war es wieder ruhig. Tom wartete ein paar Sekunden, bevor er aus seinem Versteck lugte. Nur einen knappen Meter entfernt standen die massigen Beine des Riesen. „Das ist die Gelegenheit", dachte Tom.

„Wenn ich zum Baumwipfel hinaufklettere, bin ich auf der Höhe von Arctas Kopf und kann ihm die Augenbinde abnehmen."

Aber noch bevor Tom den Baum hochklettern konnte, entfernte sich Arcta langsam.

Tom war verzweifelt. Bald würden Elenna und Silver in der Höhle keine Luft mehr bekommen. Aber er wusste auch, dass es keine Möglichkeit gab, sie zu retten, solange das Biest in der Nähe war. Erst musste er Arcta befreien, dann konnte er zu seinen Freunden zurückkehren. Schnell folgte Tom dem dumpfen Dröhnen von Arctas Schritten.

Es war schwierig für Tom, den steilen Berghang hochzusteigen. Mit jedem Schritt lösten sich Erdbrocken und Kiesel. Verbissen kletterte er weiter, bis er auf einen schmalen Pfad stieß. Dicht an den Felsen gedrückt, folgte er dem Pfad, der sich wie eine Schlange die Bergwand hinaufwand.

Schließlich erreichte Tom einen Felsvorsprung. Unter sich entdeckte er den Riesen. Arcta saß ebenfalls auf einem schmalen Vorsprung und ruhte sich aus, den Kopf auf seine Hände gestützt. Unterhalb des Riesen lag ein nebelverhangener Abgrund. Tom fröstelte. Dann sah er zum Himmel hinauf. Über ihm stieß ein Vogel einen schrillen Schrei aus. Hoch oben in der Luft flog ein Adler.

„Hier muss der Adlerplatz sein, von dem Randall erzählt hat“, dachte Tom.

Tom legte sich flach auf den Stein. Er lugte über die Felskante und sah den Knoten, der Arctas Augenbinde festhielt. Er sah wie eine schwarze Blume aus. Wenn Tom sich vorsichtig vorbeugte, dann könnte er den Knoten berühren und ihn aufbinden.

Aber er musste sich beeilen, sonst würden Elenna und Silver ersticken.

Mit pochendem Herzen schob Tom sich vorwärts, bis seine Finger den Knoten ertasteten. Es kribbelte in seinen Fingerspitzen, als er vorsichtig an dem dunklen Stoff zog.

„Bitte geh auf!", flehte er im Stillen. Tom merkte, wie sich der Knoten lockerte. Aber es ging zu langsam. Hektisch zog er fester am Stoff.

Arcta bemerkte ihn plötzlich. Er brüllte wütend und schlug mit seiner mächtigen Klaue um sich. Sie prallte unmittelbar neben Tom gegen die Felswand. Dumpf hallte der Schlag durch die Berge.

Tom klammerte sich verzweifelt auf dem Felsvorsprung fest. Erschrocken sah er, dass sich ein Riss im Stein bildete. Tom beobach-

tete, wie sich die Spalte im Zickzack über den ganzen Felsvorsprung ausdehnte. Ächzend wurde sie breiter, der Felsen begann zu bröckeln. Jede Sekunde konnte der Vorsprung nachgeben und Tom würde in die Tiefe stürzen.

Er hatte keine Wahl. „Solange Blut in meinen Adern fließt, werde ich versuchen, das Biest zu befreien!", schrie er. Dann sprang er hinab zu dem Riesen.

Tom erwischte die Augenbinde und hielt sich daran fest.

Der Riese brüllte und sprang auf. Tom wurde durch die Luft geschleudert, aber irgendwie schaffte er es, sich weiter festzuklammern. Arcta fuhr mit den Händen an seinen Kopf und versuchte Tom abzuschütteln. Tom drehte und wendete sich, um den riesigen Pranken auszuweichen. Wenn auch nur ein Finger ihn treffen würde, würde er zerquetscht werden wie eine Fliege. Loslassen durfte er aber auch nicht, denn dann würde er in den Abgrund fallen.

Zornig taumelte der Riese hin und her. Entsetzt sah Tom, dass Arcta auf die Felskante zustolperte.

Auf einmal gab der Felsvorsprung unter ihnen nach.

Arcta und Tom stürzten ins Leere.

Ein Schritt bis zum Abgrund

An den Riesen geklammert, fiel Tom in die Tiefe. Nach einigen Sekunden im freien Fall landeten sie mit einem dumpfen Knall auf einem kleinen Felssims. Doch sie hatten so viel Schwung, dass sie weiter über den glatten steinigen Boden schlitterten, bis sie über die Kante rutschten und wieder in die Tiefe stürzten.

Der Riese versuchte sich mit seinen Händen an Ritzen oder Vorsprüngen in der Bergwand festzuhalten. Aber es gelang ihm nicht und sie trudelten immer tiefer in den Abgrund. Arcta warf seinen Kopf zurück und brüllte.

Toms Finger griffen plötzlich ins Leere. Arcta hatte ihn abgeschüttelt. Tom flog durch die Luft und fiel auf eine kleine Felsnase. Panisch suchte er nach etwas, das ihm Halt geben würde. Seine Fingerspitzen bohrten sich in eine Felsritze. Blankes Entsetzen packte ihn, als er nach unten sah. Der Abgrund wartete nur darauf, ihn zu verschlingen.

Etwas weiter links von ihm entdeckte Tom Arcta. Auch der Riese hatte es geschafft, sich an die felsige Bergwand zu klammern. Nun hingen sie beide hilflos dort.

Tom blickte nach oben. Er war nur eine Armeslänge von einem Bergpfad entfernt, aber er konnte sich kaum noch festhalten.

Seine Finger waren taub und durch seine Arme schoss ein schmerzhaftes Kribbeln. Dann ertastete er mit den Füßen einen Vorsprung.

Mit allerletzter Kraft stieß er sich ab und zog sich an der Wand hinauf. Keuchend blieb er auf dem Pfad liegen.

Die Zeit wurde immer knapper. Er musste zu Elenna und Silver, bevor es zu spät war. Aber er musste auch Arcta befreien. Und vielleicht war dies seine letzte Gelegenheit.

„Ich werde Avantia nicht im Stich lassen!", dachte Tom.

Tom sah zu dem Riesen hinunter. Seine Finger klemmten in einer Felsspalte, die sich knapp unterhalb des Pfades befand. Der massige Körper des Biests war im Nebel verschwunden. Ohne Augenlicht war er vollkommen hilflos.

Tom wusste, dass er Arcta nur befreien konnte, wenn er den Knoten aufbinden würde. Um an ihn heranzukommen, musste er an Arctas Arm hinunterklettern.

Tom atmete tief durch. Dann nahm er das Seil, das ihm der Händler gegeben hatte, und band ein Ende an einen Baumstumpf, der aus der Felswand ragte. Das andere Ende band er um seine Hüfte.

„Jetzt oder nie", dachte er.

Langsam kletterte Tom auf die Hand des Riesen und dann vorsichtig den enormen Arm

hinunter. Das Biest reagierte mit schrecklichem Gebrüll, aber Tom war in Sicherheit. Solange Arcta sich an der Felswand festhielt, konnte er nicht nach Tom schlagen.

Tom sah nicht in den tödlichen Abgrund hinunter, sondern tastete sich Stück für Stück abwärts, bis er Arctas breite Schultern erreichte. Mit einer Hand hielt Tom die Augenbinde fest, mit der anderen griff er nach dem Knoten. Er holte tief Luft und zog entschlossen an dem schwarzen Stoff. Diesmal öffnete sich der Knoten so leicht, als bestünde er aus feinsten Spinnweben. Die Augenbinde löste sich in buntem Licht auf.

Arcta, der Bergriese, war frei!

Ein neuer Anfang

Als Arcta endlich wieder sehen konnte, schrie er erlöst auf. Befreit ruckte er mit seinem Kopf nach links und rechts, um in alle Richtungen zu schauen. Tom aber, der ohne die Binde nichts mehr zum Festhalten hatte, fiel plötzlich in die Tiefe. Das Seil jedoch rettete ihn. Nun baumelte er hilflos über dem gefährlichen, nebligen Schlund. Arcta sah nach oben. Tom verschlug es den Atem, als er bemerkte, dass der Riese nur ein Auge hatte – mitten auf der

Stirn. Es war so graubraun wie die Farbe der Felsen.

Da entdeckte Tom links von Arcta einen Felssims. Tom deutete mit dem Finger nach links. Vielleicht würde das Biest ihn ja verstehen. Zu Toms Erstaunen streckte Arcta die Beine aus und stellte seine Füße auf den Sims. Nun konnte sich der Riese abstützen und auf den Pfad hochziehen.

Tom seufzte erleichtert. Seine Aufgabe war erledigt. Wieder hatte er eines der uralten mächtigen Biester von Malvels bösem Zauber befreit.

Aber seine Erleichterung dauerte nicht lange an. Mit einem flauen Gefühl dachte Tom an Elenna und Silver. Er musste sie aus der Höhle retten – und zwar ganz schnell!

Plötzlich spürte Tom, dass das Seil um seine Hüfte strammer wurde. Jemand zog ihn nach oben in Sicherheit. Mit einem letzten Ruck gelangte Tom zurück auf den Pfad. Er landete genau vor Arctas Füßen. Tom sah hoch. Arcta blickte freundlich zu ihm hinunter. Doch Tom hatte keine Zeit, sich zu bedanken.

Er stand auf und rief: „Arcta, ich brauche deine Hilfe!" Der Bergriese schnaubte.

„Ich muss meine Freunde retten!", fuhr Tom

fort und zeigte auf die Felsbrocken weiter unten auf dem Pfad. „Sie sind in der Höhle eingeschlossen. Dort, wo du mich entdeckt hast!"

Ohne Zögern hob die Bestie Tom hoch und rannte los. Da Arcta keine Augenbinde mehr trug, lief er sicheren Schrittes den steilen Pfad hinab.

Schnell brachte Arcta Tom zu der Höhle. Storm stand vor dem Eingang und scharrte nervös mit den Hufen. Er musste sich selbst befreit haben, während Tom mit dem Riesen gekämpft hatte.

„Sie sind da drin!" Tom zeigte auf den verschütteten Höhleneingang.

Arcta setzte Tom ab. Mit einem einzigen Schlag fegte er Felsen und Schutt beiseite. Tom versuchte in der dunklen Höhle etwas zu erkennen, aber es hing zu viel Staub in der Luft. Da sprang Silver mit einem Satz heraus.

„Silver!", rief Tom. „Wo ist Elenna?"

„Hier drüben." Elennas Stimme klang schwach.

Tom stürzte in die Höhle. Seine Freundin lag zusammengekauert in einer Ecke. Sie sah sehr erschöpft aus, aber sie atmete noch. Elenna war am Leben!

Tom trug sie aus der Höhle ins Sonnenlicht und sie sog die frische Bergluft ein.

„Du hast es geschafft, Tom!“, sagte sie leise.

Dann sah sie den Bergriesen und schluckte. Elenna betrachtete Arcta und nach einer Weile meinte sie: „So schlimm sieht er gar nicht aus.“

Tom dachte an die Hetzjagd durch die Kiefernwälder, an den Fall von den Felsklippen und das gefährliche Klettern über Arctas Arm, um die verzauberte Augenbinde aufzuknoten.

„Nein, er ist gar nicht so schlimm", sagte Tom und lachte. Wieder hatte er eine schwierige Aufgabe erfüllt.

Plötzlich flatterte Tom eine hübsche goldbraune Feder vor die Füße. Es war eine Adlerfeder. Tom hob sie auf und sah zu Arcta hoch. Ein freundliches Lächeln entblößte seine braunen Riesenzähne.

Tom war sofort klar, was er mit der Feder machen sollte. Auch nach seinen Kämpfen mit Ferno, dem Feuerdrachen, und Sepron, dem Seeungeheuer, hatte Tom Geschenke von den Biestern erhalten. Er schnappte seinen Schild und legte die Feder auf das Holz. Sofort bog es sich auseinander und die Feder versank neben Fernos Drachenschuppe und Seprons Zahn. Tom strich mit dem Finger sanft über die Feder, die nun fest im Schild verankert war.

Der Riese grunzte zufrieden und hob seinen mächtigen Arm zum Abschiedsgruß. Dann stampfte er zurück in die Berge.

Da tapsten auf einmal fünf kleine Wolfswelpen aus der Höhle. Ihr Fell war braun und grau mit Flecken auf den gespitzten Ohren und den kleinen Pfoten.

„Ich habe sie in der Höhle gefunden", erzählte Elenna aufgeregt. „Wegen ihnen ist Silver vorhin weggelaufen. Ich wusste, dass er einen Grund hatte, mir nicht zu gehorchen."

„Er hat gespürt, dass die Kleinen in Gefahr waren", sagte Tom. „Jetzt sind sie in Sicherheit!"
Elenna deutete auf den Bergpfad. Unterhalb von ihnen hockte eine Wölfin. „Sieh mal, das ist bestimmt ihre Mutter!"
Die Jungen hüpften zu der Wölfin. Elenna und Tom sahen zu, wie sie ihre Welpen knuffte und ableckte.

„Sie haben sich bestimmt bei dem Erdrutsch verloren“, vermutete Elenna und kraulte Silver hinter den Ohren. Ihr Wolf heulte kurz auf und die Wolfsmutter bellte zurück, bevor sie ihre Kinder den Pfad hinunterstupste.

„Wir haben es geschafft!“, jubelte Tom. Jetzt, da die Gefahr überstanden war, kamen seine Kraft und Begeisterung zurück. Er machte einen Luftsprung.

„Ja, das haben wir!“, stimmte Elenna zu.

Sie fassten sich an den Händen und drehten sich im Kreis, bis sie bemerkten, dass im Höhleneingang eine Gestalt aufgetaucht war. Sie hielten inne.

„Zauberer Aduro!“, staunte Tom. Zwar wusste er, dass es nur ein magisches Bild von Aduro war, aber trotzdem freute Tom sich, die blitzblauen Augen des Zauberers zu sehen.

„Seid gegrüßt, meine jungen Freunde", sagte Aduro fröhlich und lächelte. „Ich habe euer großes Abenteuer vom königlichen Schloss aus beobachtet."

„Wir haben das dritte Biest befreit", erklärte Tom stolz.

„Ja, das habe ich gesehen", antwortete der Zauberer. „Herzlichen Glückwunsch! Eure Tapferkeit rettet das ganze Königreich!"

Toms Blick wurde auf einmal traurig. „Ich wünschte nur, dass mich mein Vater jetzt sehen könnte. Ob er stolz auf mich wäre?"

„Das wäre er, da bin ich mir sicher", sagte

der Zauberer. „Deine Tante und dein Onkel wissen, dass du auf einer wichtigen Mission für den König bist, sie sind sehr stolz auf dich.

Ich sehe, dass Arcta dir die verzauberte Adlerfeder für deinen Schild gegeben hat. Wie die Drachenschuppe und der Zahn des Seeungeheuers wird sie dir magischen Schutz verleihen. Solltest du jemals aus großer Höhe fallen, dann halte den Schild über deinen Kopf und er wird deinen Sturz bremsen!"

Tom sah Elenna grinsend an. „Fantastisch!"

„Ihr habt eure Sache wieder sehr gut gemacht", lobte Aduro. „Aber die größten Gefahren liegen noch vor euch. Seid ihr bereit für eine neue Aufgabe?"

Da wieherte Storm und Silver antwortete mit einem Bellen. Elenna lächelte.

„Wir sind bereit", sagte Tom.

Aduro neigte den Kopf. „Gut, reist nach Süden zu den Mittelebenen, wo das Vieh weidet“, wies Aduro sie an. „Dort erwartet euch ein anderes verzaubertes Biest: Tagus, der Pferdemann. Bevor er von Malvel verzaubert wurde, beschützte er die Viehherden, deren Fleisch und Milch ganz Avantia ernährt. Aber was er einst verteidigte, greift er nun in wilder Raserei an und tötet es!“

„Wir werden Tagus finden“, sagte Tom.

„Viel Glück!“, wünschte ihnen der Zauberer und setzte hinzu: „Aber teilt Belco noch mit, dass seine Stadt wieder sicher ist und die Menschen die Handelswege in Frieden nutzen können.“

„Das machen wir“, antworteten Tom und Elenna gleichzeitig.

Dann verabschiedete sich der Zauberer und

allmählich löste sich sein magisches Bild auf, bis es schließlich ganz verschwunden war.

Tom und Elenna standen eine Weile schweigend neben Storm und Silver. Sie dachten an die nächste Aufgabe ihrer Mission. Tom grinste Elenna an.

Welche Gefahren auch immer vor ihnen lagen – sie würden zusammenhalten und sie überwinden!

Das will ich lesen!

Band 4
ISBN 978-3-7432-0275-7

Band 5
ISBN 978-3-7432-0280-1

Begleite Tom und Elenna
auf ihrer Mission.

Das Königreich Avantia schwebt in großer Gefahr! Nur Tom, der Auserwählte, kann es auf seiner gefährlichen Mission vor dem Untergang bewahren.

Die Eisebenen
Das nördliche Gebirge
Der Wald des Grauens
Das westliche Meer